꽃잎 사이로 바람이 분다

이은경 시집

두 번째 시집

꽃잎 사이로 바람이 분다

펴 낸 날　2023년 12월 20일

지 은 이　이은경
펴 낸 이　이기성
기획편집　서해주, 윤가영, 이지희
표지디자인　서해주
책임마케팅　강보현, 김성욱
펴 낸 곳　도서출판 생각나눔
출판등록　제 2018-000288호
주　　소　경기도 고양시 덕양구 청초로 66, 덕은리버워크 B동 1708호, 1709호
전　　화　02-325-5100
팩　　스　02-325-5101
홈페이지　www.생각나눔.kr
이 메 일　bookmain@think-book.com

• 책값은 표지 뒷면에 표기되어 있습니다.
　ISBN 979-11-7048-625-1 (03810)

두 번째 시집

꽃잎 사이로 바람이 분다

시인 이은경

생각나눔

시인의 말

빈 공간에
아름다움이 채워집니다
문장의 간격은
글의 뜻을 더욱 풍부하게 하고
꽃잎 사이의 간격은
꽃의 사랑스러움을 더해 줍니다
사람과 사람 사이의 간격은
관계의 깊이를 깨닫게 하며
시간과 시간 사이의 간격은
삶의 휴식을 여유롭게 합니다.

2023년 겨울 초입을 바라보며
신이 이은경

목 차

제2부 · 반·反
— 변화는 발전을 담보하는 과정이다

제3부 · 합·습
— 도출된 결과물은 새로운 시작이다

제1부

정·正

- 상태나 현상을 바라본다

간격의 미

가까우면 볼 수 없고
멀어지면
마음 담을 수 없네

달이 지구를 공전하듯이
충돌하지 않고
벗어나지 않게

간격에 따라
새로움이 보이는
사람과 사람 사이

상생할 수 있는
적당한 거리에서
때론 멈추고 돌아보자

지 문

각기 다른 곡률의 선이
흐름을 이루며
문양을 만든다

선이 흐르는 길에
옳고 그름은 없으며

만들어진 모양으로 미추를
논할 수 없다

손끝에 딱 그만큼
작은 소용돌이

다를수록
가치가 더해지는 것이
어찌 지문뿐이랴

그리움의 은유

그리움은 위안이다
그 사랑은 고귀하고 아름답다

그리움은 적막하다
달빛 없는 밤과 안개 낀 저녁의
중간쯤 되는 고요

그리움은 평온하다
눈 감으면 보이는 그리움
두 손 모으면 보이는 그리움

그리움은 희망이다
끝이 아닌 또 하나의 시작
눈물이 걷어 낸 기쁨

더 자주 생각하고
더 많이 바라보는 것
그리움은 빛이다

임(林)의 생

솔방울 떨어진 알알의 청춘
얽힌 나뭇가지 같은 우리들 마음
곧게 뻗은 나무 닮은 나의 이상도
몇 걸음 멀리 서서 바라본다면
모두가 하나의 초록 아니겠는가

불멸의 꿈

꿈속 세상은
내가 창조하지만
권위를 누릴 수는 없다

새는 높은 곳에서 세상을 내려다보고
조감도 속의 나는 새와 눈을 마주치려
애를 쓴다

블랙홀이 되어 커져 버린 새의 동공
꿈에서 깨어나면 다시금 재부팅된
컴퓨터 모니터 같은 세상

때때로 변한다는 느낌이 들면
새로운 규칙을 만들어
나를 추스른다

변함없는 것은 멈춰버린 시계
지나간 기억뿐이다

관조의 미학

너 나의 다름은
속마음을 드러내느냐
아무렇지 않은 듯 덮어버리느냐
살아가는 방식에 정답은 없다

계절 다 가도록
속으로 움켜쥔 통증
그 마음 일궈낸 푸른 하늘

사람의 일이란
생각을 펼쳤다 접었다
어우르며 지나는 바람

그러다가 곱게 기른 상념의 꽃
수없이 피고 지는
홀로인 섬

등고선

여러 모양의 굴곡이
곡선 따라 이어지면
깊은 계곡 산등성이
새들 바람의 노래
뜻을 모아 선을 이루니
경쟁이 없고 부드럽다
머물거나 떠나거나
다투거나 외면하거나
현실은 완만하게
공평한 조화

사람은 등고선을 긋고
등고선은 사람을 가르친다

먼 빛

첩첩이 포개져
나들목 찾기 힘든 산

답답함은
휘돌다 사라지는 미풍이 아니라
회오리였다

들을 길
물을 길 없으니

밤이 오기 전
아무래도 시 한 편 써 내리면
마음 풀어질까

버려야 할 것 고여 있던 것
모두 비울 때

문득 행간을 살피는 함축의 부호들

활짝 펼쳐지고

그 산골짜기 빛과 바람 물소리 새소리

자꾸자꾸 피어오르는

어느새 멀리 여명이다

그림자

우연처럼 필연인 듯
어둠의 긴 침묵

모든 빛이 모여
백(白)을 만들고

모든 빛을 잃었을 때
흑(黑)이 되어 버린다

그 경계를 떨치려
흔들리는 촛불

소홀하기 십상이다
뒤돌아보는 것은
잊는 것은

하루를 사는 법

무엇으로 채울까
고민하던 시절 엊그제 같은데

그 많던 여백 모두 사라지고
얼마 남지 않은 人生의 빈 페이지

잘못 썼다고 지우자니
지우개는 거의 다 닳았고
찢어 버리기에는 여분이 얼마 없다

뒤돌아보면
단 한 번의 하루
추억이 되는 한 편의 시

다시 시작하고
채울 수 있음에 감사하며
페이지를 넘긴다

겨울 바다 별곡

시리다 시리다 바람 매서운 겨울날 해변
보았나 들었나 무엇을 찾아 여기 왔는가
겨울 바닷바람은 살 파고드네

불어라 불어라 바람 에이도록 불어라 바람
다시금 돌아볼 생각 지우도록 몰아쳐라
겨울 바닷바람은 살 파고드네

가던 이 가더니 본다 저 멀리 가더니 본다
무엇을 찾으러 왔는가 저 멀리 가던 이 본다
겨울 바닷바람은 살 파고드네

나무의 독백

언제부터 이곳에 서 있었는가
해석할 수 없다
단지 기억할 뿐이다

나는 불처럼 뜨겁고
물처럼 잔잔하고
바람처럼 자유롭고
대지처럼 굳건한
그런 사랑을 하고 싶다

수건의 독백 1

색상으로 구분되는
부류는 많다

나는 다르다
이름이 있다
이갑순 여사 칠순 기념
이름을 부여받고 자아가 생겼다

사람들은 나를 도구로 사용한다
나는 사람들을 관찰한다

누군가의 땀이 나를 적실 때
내 삶은 비로소 가치가 있다

사람들의 일과는
나를 거치며 시작되고
나를 거두며 마무리된다

그들은 내일을 기약하며
잠이 들지만

나는 누군가의 손길이 닿아
네 번 접힌 몸이 펼쳐지기까지
밤을 지킨다

수건의 독백 2

그 하루 무덥던 날
깃발처럼 펄럭인다
이갑순 여사 팔순 기념

자유란 무엇인가
자유란 지켜야 하는 것
억압받지 않고 살아가는 것
푸른 하늘 온몸을 쓰다듬는 햇살에
마음껏 꿈을 펼치는 것

모든 것들의 저녁
노을 걷는 손길 따라
햇살 스며든 향기
선과 선이 만나는
낮고 푹신한 회복
자신감

다행이다

아직은 돌아갈 집이 있다는 것은

내 몸에 선명한

이갑순 여사 팔순 기념

신기루

언덕 뒤에 숨은 꽃이
호기심을 부리다

그로 굴절된 마음
파면을 일으키더니
착각의 늪에 빠질 줄이야

진실은 저 너머 존재하지만
쉽게 닿을 수는 없고
무관한 사람들의 희비(喜悲)는
전이되지 않는다

변화는 주변 관계를 통해
힘을 얻는다

슬플 때 보면 슬퍼 보이고
기쁠 때 보면 기쁠 것 같은
거울 속 모습은 하나의 상(像)일 뿐

그 빛이 푸르다 해서

어찌 다 하늘빛일까

인식의 오류

당신은 보이는 것에만 매료된다
당신은 들리는 것에만 집중한다

강물이 달빛 따라 반짝일 때
은은한 빛으로 자신을 비추는 것은
하늘의 달인가
강물의 달인가

자만과 교만이 당신을 속일지 모른다
위대한 성취감마저도 당신을 속일지 모른다
하지만 진리는 그렇지 않다

욕 심

달빛을 손안에 넣을 수 있을까

공기를 주머니에 담을 수 있을까

의미 없는 욕심에
시간은 낭비되고
기회는 사라진다

인간의 감정이
과도한 집착을 부를 때
부작용은 생기는 법

노력으로 얻을 수 있는 삶은
쉬우면서도 어렵고 그래서 더욱
귀감이 된다

시선의 전환

자존심처럼 뭉쳐서
위용을 자랑하던 구름이
조각나 흩어지며
예쁘게 눈길을 끈다

화무십일홍
화단을 가득 채웠던
형형색색의 꽃들
어느새 다 사라지고
초록만 남았네

잘 익은 벼가
고개를 숙이는 법

나이와 겸양은
함께 깊어져야 하거늘

겪은 세월의 무게만큼

아집을 짊어진 그대

부끄럽지 않은가

신은 주사위를 던지지 않는다

아슬히
벼랑 끝 나무

무엇을 얻고자
저 높은 곳까지 올라가
뿌리 드리웠을까

머물 수 있는 환경은 신의 섭리
머무는 것은 자유 의지

백척간두 진일보
지금 저 자리에서
한 걸음 더 내디뎠다면
어떠한 삶이 펼쳐졌을까

비바람 견디며
더욱 깊어진 뿌리
놓아주지 않았나 보다

절벽 아래

울울창창 나무들의 바다

무심한 듯 바람에 출렁인다

존재하는 것은

다 이유가 있다

달의 뒷면

자신을 선전하기 위해
혈안이 되어 있는 자는
불행하다

모함이 있으니 오해도 있고
거짓이 있으니 과장도 있고
이간질도 있다

사람의 가장 취약한 부분을 파고드는 유언비어
가공의 세계를 구축하여 거짓으로 토대를 쌓고
진실이 밝혀진 이후에도 이미 만들어진 허상을
부숴버리는 것이 절대 쉽지 않다

천강유수천강월
천 개의 강에 천 개의 달이 비추어도
달은 오직 하나

우리가 찾는 진실의 그림자

침묵, 그대는 이 잔을 마실 수 있는가?

제2부

반·反

– 변화는 발전을 담보하는 과정이다

개 화

질 때를 아는 꽃은
아름답고

때를 놓치지 않고
피는 꽃은
더욱 아름답다

기다림 속에
피어나는 꽃은
표현할 수단 없이
그냥 설렌다

봄 비 1

빗방울 떨어지는 속도는 초속 9미터
그러나 늘 조용히 시작한다

여름비처럼 요란하지 않고
가을비처럼 우수에 젖지도
겨울비처럼 스산하지 않다

창문 너머 방울방울
아스팔트 위에 내려앉는
기분 좋은 소리

메마른 땅에도 스며들어
움츠렸던 희망에 파릇
새순이 돋고

흔들리는 거리
봄을 탐닉하는 생동감이
유혹을 한다

비가 내리면

보슬보슬 밖으로 나가야 한다

봄비 2

빗줄기 말간 새벽 종소리
물소리 엿듣는 갯버들 따라
먼바다 흘러드는 침묵의 시간

모든 것은 채워지고
필요한 곳으로 흘러가니
지나간 시간에게 미안해하지 말자

새로 난 봄

같은 강물에
두 번 발을 담글 수 없고

지난날에
오늘의 내가 있을 수 없듯

이맘때쯤 봄은
늘 새롭게 태어난다

억겁의 세월만큼
새로 남을 거듭해도 한결같은 모습
모두를 설레게 한다

슬기로운 햇살

겨울은 이제 시작인데
꽃은 봄을 간직했나 보다

베란다 햇살에
마법처럼 피어난 새싹

무심히 방치해둔 화분
까맣게 잊고 있었는데
고맙고 사랑스럽다

해마다 꽃은
새롭게 돌아오건만

다시는 오지 않을
내 청춘의 봄아

화 분

자리를 바꾸어 본다
여기에 둬도
저기에 둬도 사랑스럽다

함께 바라보며
삶의 배경이 되어주는
너와 나의 기쁨

운명처럼 주어진 작은 텃밭
부족하지도 넘치지도 않는
긍정의 뿌리 드리우고

고운 꽃송이 라벤더 향기 따라
햇살 반사되어 퍼지면

덩달아 기지개 펴고
웃어보는 마음

들 꽃

바람에 흔들려
훌쩍 떠난 그곳에
뿌리내렸다

햇살 한 줌 고마움에
꾹 참고 살아온
속 깊은 울음

발끝에 차이며
삭히는 법 배우고
싫어도 내색 못 해
그러려니 사는 삶

이글대는 태양
피고 지는 붉은 노을
잠글 수 없는 시간들

새벽 적신 이슬 한 방울에

접혔던 꽃술이 보석처럼

영롱하다

민들레 홀씨

이별을 하려면
모든 걸 비워야 해
가벼워진 마음으로
떠나야 하니까

바람 따라
낯선 곳에 뿌리내리면
그곳이 집이려니

봄비에 속울음 적시며
꽃 한 송이 피우는 것

산다는 게 다 그런 거지

이팝나무

배고프면
그 길을 따라 걸었다

하얗게 핀 꽃
바라보는 것만으로도
행복했다

가난으로 숙성시킨
외로움의 쌀 꽃
고봉으로 담고파

바람아 흔들지 마라
알알이 심은 마음 온도
시리고 아프단다

꽃밭에서

모두 어디로 갔소
종일 떠돌던 구름
저만치 지켜보던 이들

때론 혼란스럽고
잘못 판단도 하지만
처음 자리에 오면 그대로인걸

보여주고 싶은 것은 마음
알고 싶은 것은 진실이라오

더 이상 볼 수 없을지라도
슬픔은 감추리다

겉과 속이 다르지 않고
처음과 끝이 일치하는
뫼비우스의 띠 모양으로
꽃을 피우겠소

동백꽃

대낮에
이런 낭패가 있나
동백초 꽃잎 같은 가슴
놀란 입 다물었네
눈설레 하얗게 핀
시린 바람
양날의 검으로 베어진
붉은 욕망
찬란한 절명

상황에 맞춰
가면 쓴 자아가
선택과 버림 통째로 떨구더니
거리낌 전혀 없구나

잊어라
슬픔은 고요해지고
일상은 다시 시작되니

능소화

바람이 난간에 스친다
이슬이 노을처럼 붉은 꽃빛
가련함이 비 머금은 구름 같구나

바람이 꽃이었나
푸름이 사랑이었나
이별이 구름이었나

기억을 끌 듯
지나가는 여우비
꿈꾸는 달 아래 만나서 보리

봉숭아

꽃
피면
손톱에
물들이자
약속했는데

꽃
지고
그자리
기억만이
하늘거리네

꽃
대신
손톱엔
아쉬움만
물들었잖아

연 꽃

주어진 곳이
청(淸)하든 탁(濁)하든
꽃을 피운다

뿌리부터 줄기까지
텅 빈 속대는 향기로 가득하니
비울 수 없어 채우지 못하는
어리석음을 일깨워 준다

바람에 흔들려도
벗 삼는 부드러움

기품을 잃지 않고
더러움 덮어주는 꽃
조화롭다

파 꽃

들어본 적 있는데
어디선가 본 것도 같은데
누군가 사진을 보여주며
파꽃이라 전했다

줄기로 대적할 상대가 없으니
꽃은 잎이 없어야
섭리에 맞는가

누군가에게 택함을 받지 못하면
한 송이 꽃으로 새로운 삶을
도모한다

파의 달란트는 줄기
이제는 찾아내야 할
나만의 달란트

청고추 홍고추

젊은 혈기 갈무리하여
녹음과 조화롭고

농익어 붉은 열정
음미할 만하다

풋풋한 청고추
고루 익은 홍고추
다채로운 쓰임새

청춘만큼 가치 있는 것이
원숙함 아니겠는가

매 미

어둡고 느린 찰나의 기억들이
날개를 펼치기도 전에
구애를 서두른다

종일토록 시끄러운 불협화음
그깐 사랑이 뭐라고

짝을 찾지 않았다면
자유롭게 세상을 날아올랐을까

바람이 부산스럽다
푸름을 지우는 긴 시간

나비(하이쿠 연작시)

햇볕 업고서
흐르듯 흔들리듯
바람결 따라

바람 오선지
꽃들 음표 지날 때
사뿐 춤추네

화려한 문양
오롯이 스며드는
사랑과 이별

날개 접으면
간지럼 타는 꽃망울
웃음보 터집니다

가벼운 발끝

다른 향기 찾아서

훨훨 나르샤

바람둥이라

놀리지 마세요 난

건망증 심하답니다

백일몽

도화꽃 그늘 아래
나비잠 드니
날리는 꽃잎 한 장
나를 깨우네

오래지 않은
님의 향기
누리 덮어 가득한데
꿈이었구나

떨어진 꽃잎 한 장
주워 들고서
멀어진 그리움을
달래보다가

도화꽃 그늘 아래
나비잠 깨어

당신께 꽃말 하나

적어봅니다

여름 가로수

흐르는 땀
숨 막히도록 뜨거운 아스팔트

태풍 한바탕 휩쓸고 가면
물먹은 길 따라 선선히 부는 바람

이파리 위 빗소리는 사람들 드잡이 소리
아픔을 삼킨다

한 번 물을 치면 삼천리에 퍼지고
치솟아 오르면 구만리를 가는 대붕

그 큰 새도 태풍이 있어야만
몸 띄울 수 있다는데

외연을 넓힘보다는
맺음을 유지하는 인연의 소중함

하나씩 드러나는 간과했던 부분들

희비가 교차하며 참모습을 보게 된다

노 을

어두워질수록 짙어가는 붉은 빛이
화색을 바꿔가며 이곳저곳을
기웃거린다

모호한 경계를
희락과 농락이 넘나들며
본래 모습은 사라진다

날 선 채색과 스밈
색들이 조화를 이룰 때
윤곽은 더욱 뚜렷해지고

멈춰야 할 때를 아는 것
바라보는 시점은 모두가 다르다

돌아서긴 쉬워도 이별은 어려워
차마 떨치지 못한 미련
뒤에 두고

혼자서 걷는 거리

천지가 붉다

가을 꽃

돌이켜 보니
머물다 간 자리
텅 비어

화려했던 꽃들 사이로
빛바랜 꽃잎 한 장
가슴에 너덜하고

까맣게 속을 태워
말라 버린 씨앗이여

꽃들은 말이 없다

온몸을 웅크린 채
이별을 흙 속에 묻으며

이젠 잊어야지
비우고 살아야지

바람도

뜨거운 햇살도

또 다른 모습 속의 너를

바라만 보고 있다

이별 예감

빗방울 차갑게 흩뿌리다
흥건히 적셔버린
통곡의 밤

널 위한 마음인지
날 위한 마음인지

세찬 빗소리
곤두박질치더니
점점이 잦아든다

이젠 꿈에서라도
차가워진 너의 손 놓아야
하나 보다

당신은 지금 누구와 만나고 있습니까?

인연은 선물이다
그러나 어떤 인연은
시선으로 가려진 욕망이며
의도이고 후원이며
삶의 산책이다

누군가를 믿는 것은
또 다른 시작의 흔들림이다
변하는 것과 변하지 않는 것
지키지 못한 것들

해서는 안 되는 말
꼭 해야 하는 말
못 박힌 말

바람처럼 날릴 수 있을 때
생각은 깊어지고 다시금
웃는 법을 배운다

낙 화

한 생애 반짝이다
떨군 꽃 무리

운명의 복종인가
외면인가

세상을 등에 업고
땅에 입맞춤하네

무심코 내려앉았소
바람결에 돌아누웠소

추해서도
서두른 탓도 아닐 텐데
가슴을 도려내는

흰 꽃잎
붉은 꽃잎.

만 추

계절은
자신만의 빛깔로 익어간다

높아진 하늘만큼
낮아진 냇물 소리

봄 여름 쌓아놓은 화광을
펼친 화음으로 뿌려놓으니
계절의 순환은 조화롭다

보이는 것과
마음이 만들어 내는 것
객관과 주관 다툼이 없어

가을과 나는
물아일체(物我一体)로
하나가 된다

고 엽

불타오르던 사랑아
심장에 박힌 못 하나로
의지해 온 네 눈빛
어디에 있느냐

계절을 만끽하는
자유 낙하

그 빛 따라
돌고 돌아온 길
구속이었음을 알았는가

여럿 모여 고독하고
혼자일 때 충만했던 진실
차가운 빗소리에

한 장 마른 잎은
복수(複数)¹의 무덤을 만들기 시작했다

---

1 복수(複数): 여럿의 수

가시나무

그늘진 듯
감춰진 듯
삶은
늘
가시처럼
도도하고
쓸쓸했다

겨울바람의 노래

모래 위를 스치는 바다의 짠 내가
청량하고 독특하다

시베리아 찬 공기가 바이칼 호수에 뿌려지면
장관으로 펼쳐지는 새들 날갯짓
바람은 지나온 과정으로 자아를 키운다

고비사막 비켜 돌아
만주벌판 달리며 힘 얻는 바람
한반도 꽁꽁 얼리며 제 고향을 그린다
동짓달 섣달 도심 벗어나 트이고 넓은 곳에서
그 향취 느껴 보자

수만 리 여정 이르는 곳마다 결 만들어 사연 새기니
바이칼호 새의 깃털
고비사막의 모래
만주 벌판의 황토 내음
고스란히 전해진다

계절을 깝치던 산 짐승들

정작 추위에 굴 파서 웅크리면

바람에 실린 머나먼 이국 소식

홀로 눈 속에 핀 수선화

칼바람 맞서 움츠리지 않고 당당히 서 있는 측백나무

바람은 공평하나

그 지문을 해석하는 것은 각자의 호불호

본질은 변하지 않는다

시 월 의 노 래

빛 바랜 나뭇잎 들
길섶 을 서성 이 다
홀 가 분 머 문 자 리

바 람 을 의 지 하 며
줄 지 어 피 던 풀 도
슬 며 시 드 러 눕 네

쇠 약 한 호 박 넝 쿨
시 한 편 써 놓 으 면
호 박 꽃 피 어 날 까

놀 구 름 번 져 가 는
행 간 을 바 라 보 다
떠 오 른 화 두 하 나

세월을 끌고가던

산자락 빛과여운

이별이 울긋불긋

제3부

합 · 合

– 도출된 결과물은 새로운 시작이다

하 루

예언자의 알바트로스는
여명에 날고

미네르바의 부엉이는
황혼 녘에 날갯짓하며
우리들은 한낮을 즐긴다

일어날 일을 암시하고
일어난 일을 분석하는 것은
그들의 역할이다

구현하고 확인하는 우리들의 삶은
짧은 날을 아쉬워한다

계단을 오르며

돗나물꽃 향 날아와
누워 함께 하늘을 보자 하네
머무르면 다시 시작하기 힘들어
고개 저었네

바위에 기대어
쉬어가라 속삭이네
쉬다 보면 주저앉아 버릴까
못 들은 척했네

새들은 날아와
가지가 되어 달라 하네
응낙하면 멈추게 될 것 같아
날려 보냈네

그동안 핑계였어
만나지 못할까 두려워

만남 후의 결과가 두려워

오늘도 제자리 그대로인걸

이제 우리는 만나야 한다

소울메이트

아닙니다
첫 만남의 두근거림도
첫 인연의 설렘도
없었습니다

모릅니다
볼품없는 외양에 왜 끌렸는지
맵고 쓰린 감정의 트라우마를
어떻게 극복했는지
기억나지 않습니다

그렇습니다
이제는 늘 내 곁에 있습니다
부재(不在)란 상상할 수 없는
현실입니다

이제는 압니다
내세우지 않고 묵묵히 도와

모두의 가치를 성장시키는

그대의 희생입니다

                            - 〈부제〉: 마늘 1

사모곡(思厶曲)

신탁을 받아 자리를 잡고
신화를 통해 정서를 표하니
그 사랑함 매우 깊어라

악귀를 쫓고
역병을 막고
몸을 보하니

날것으로 먹고
다져서도 먹고
구워서도 먹고
즙으로도 먹네

강향은 조취를 제거하니
이이제이(以夷制夷) 묘리로다

시작은 알 수 없으나

민족 태동에 함께했으니

이 땅에서 영원하리

　　　　　　　　　　－ 〈부제〉: 마늘 2

사 랑 1

바람이
가슴에 닿아
침묵으로 선을 긋는

돌이켜보면
그때가 늘 시작입니다

사 랑 2

당신은
늘 그 마음입니다

온유함 속엔
고난을 유익 삼는 강한 심성
잔잔히 빛나고

아픔이 도사린 건널목에서
함께 기다려 주고 길을 여는
푸른 신호등

오늘
당신으로부터
사랑이 시작됩니다

번지 점프

집착을 버릴 때 길이 생기고
신념 속에 삶이 보인다

천 길 낭떠러지
현애살수(県崖撒手)

무엇이 두려운가
절벽에서 손을 놓아라

그래야 세상이 다시 보인다

믿 음

깊이를 자로 재려 함은 위선이다
무게를 저울로 달려 함은 어리석다
강도를 두드려 시험하려 함은 교만하다
수치로 나타낼 수 없으며
계산으로 구해지지 않는다

강요는 사상누각이며
그를 통해 만족을 얻고자 함은 공허하다
남과 비교할 수 없고
남에게서 빼앗을 수 없으며
오로지 내 안에서 이루어진 전부
나와 진심이 일체가 될 때
한 단계 성장한다

기억의 저장소

산 너머
호수를 볼 수 없었다

언뜻언뜻
기억도 함께 자랐지만
호수까지는 갈 수 없었다

던져버리지 못해
여분으로 얻은 삶

무의식과 전의식
그리고 지금 나이와 살고 있는
기억의 저장소

그림자는 땅 위로 올라와
내 그림자를 알아볼까

아, 나는

오늘 피었다가 지는 이름 모를

들꽃 같네

고봉밥

수북이 담아야
마음이 편하다
다 먹지도 못하면서

일찌감치 철든 고독
트라우마로 남았다

아직도 밥 넘길 땐
삭이지 못한 가시 청춘
목에 걸려 따끔한데

탓할 사람 아쉬움
모두 떠나 잊은듯해도
푸다 보면 어느새
늘 고봉이다

미운 오리 새끼

상처와 아픔은
늘 가까운 곳에서 시작된다

겪는 순간
영원할 것 같아도
반전은 늘 있기 마련

창공을 박차는 백조의 날갯짓

이제는 날자
저 멀리

제자리 연주

그 악보는
획일적이고 단순하며
기계적이고 부자연스럽다

쇤베르크의 12음 기법을
흉내 낸 듯 보이나

몇 개의 음만 사용해
능력 부족도 드러난다

장엄하게 흘러야 할 부분에
위엄은 볼 수 없고

아름답게 보이려
약간의 변화를 주었지만
조화의 부재

한 음 연주하면
이전 음이 어지럽고
다음 음이 거슬린다

차마 버리지 못하고
같은 음만 하릴없이
두들기네

가면무도회

평생의 사랑 미움 변명
표정 없는 탐욕 이기심
가면에 가두었다

분별없는 교언 입술에 모으고
거짓된 장면 눈으로 가리고
부끄러운 기억 가면에
숨겼다

떠나는 사람이
머무는 사람에게 전하는
마지막 작별 인사

나는 가면을 쓰고 웃는다

상처받은 자여

자신의 모든 것을 드러내지 말라
상대는 그 약한 부분을 공격하며
노림수로 활용한다

항상 도도한 자세를 견지하라
상대는 그 도도함에 위축되어
스스로 자세를 낮춘다

치우침 없는 중용(中庸)을 따르라
휩쓸림은 굽어짐이 되니
다시 펼 때 몇 배의 힘이 든다

가치를 높이기 위해 노력하라
주어진 위치에서 자신을 극복할 때
삶은 한 단계 도약한다

멈 춤

갈 수도
올 수도 없는
빈 길

살다 보면
그리워하는 일보다
기다리는 일이 더
쓸쓸하다

기억을 드립니다

나는 다 기억합니다
당신이 나에게 했던 그 말
표정 행동 손끝 하나하나 모든 동작이
한 컷 한 컷 선명한 기억으로
남아 있습니다

당신은 이번에도 아무 일 없었다는 듯
그냥 넘어가겠지만
나에게는 또 다른 여러 장의 사진 같은 기억으로
각인 되었습니다

세월의 흐름은 우리를 변하게 했지만
기억 속의 당신은 늘 그대로입니다
지우개로도 지울 수 없는 선명함
이제 필름을 당신께 드립니다
괴로움은 당신의 몫입니다

아무것도 쓸 수 없는 날

예정된 길에 서서
직감을 통해 벗어나려 해도
또다시 그 길

생각이 많으니
구절을 잡아내도
낱말로 갈라지고

분리된 음절은
의미 없는 기호로 변해
머릿속을 맴돈다

작은 흔들림에도
쉽게 공명해 버리는
덜 여문 마음 탓인가

온종일 빈 여백

긴 줄 하나 그어놓고

무엇을 쓰려고 했나

나는

바람에게 전하는 편지

당신은 늘 그 자리 우직한 나무입니다
언제라도 깃들 수 있는 편한 그늘입니다

고맙게 감싸주던 마음과 마음
이처럼 오랜 세월 길들여 놓았는데
어쩌면 마지막 아니 되기를

쓸쓸히 봉인된 아픔
함께 바라보며

여미고 다독이면서
조금은 덜 외로웠는데
인사도 없이 사라진 안녕

오늘은 텅 빈 풍경 되어
고이고이 떠오릅니다
자꾸만 떠오릅니다

기 일

깨끗이 씻은 쌀뜨물에
엄마 얼굴 어리고

푸짐히 끓인 국솥 열면
김이 그리는 엄마 모습

전 부치고
적 만들고

즐기던 과일과 야채
생선 정갈하게 올린다

옷매무시 가다듬고
술 한잔 올린 후

고개 숙여 인사하면
뿌연 방바닥 위로
엄마 미소가 지나간다

우리는

넌 나에게 햇살 따듯한 봄비
난 너에게 바람 시원한 그리움

인생의 깊은 의미 서로 나누며
기나긴 길 함께 걷는다

한겨울 눈길 걸어도
서로의 손 꽉 잡으면 춥지 않아
힘들 때 곁에 있어 주는
소중한 존재

못 보면 궁금하고
궁금한 만큼 걱정되는
언제나 약속 같은 우리

아름답게 신뢰를 이어가는
희망의 빛이다

여자, 女子, 여자

슬픔을 감춘 여자
비련의 여자

길 잃은 여자
소외된 여자

허무한 여자
짝 잃은 여자

안에서 밖을 보니
사랑을 몰라

밖에서 안을 봐도
사랑을 못 해

모두를 잊은 여자
모두에게 잊혀진 여자

회 복

일어나세요
꽃잎에 깃든 햇살처럼

달려오세요
적막을 깨우는 바람처럼

기도할게요
더 이상 아프지 않기를

이끌림

초록 잎사귀와 붉은 꽃
포용하는 나무의 마음

마음이 착한 웃음
그 웃음을 가진 사람

채우지 못한 여백
침묵을 읽을 줄 아는 노력

마음이 넓은 말
마음이 넓은 행동
마음이 넓은 일

시간이 멈추었음 좋을 多情
그리며 산다

그런 마음 그리며 산다

저녁 무렵

걷고 싶은 날엔 시셀의 노래를 듣는다
빛바랜 시장 좁은 골목길
상인들의 분주한 손놀림이 진솔하다
즐비하게 놓인 좌판마다
식욕을 자극하는 맛깔 난 음식들
아리송한 속내들을 기웃거리다
홀로 조촐한 만찬을 즐겼다
문득 일상의 변질한 메스꺼움이
나를 일어서게 했지만

기억을 걷다
언젠가 버스 옆자리에 놓아두고
그냥 내려 버린 우산들을 떠올리며
어딘가에서 잘살고 있겠지

나이 든 일상은 늘 다시 시작이다
슬그머니 올 나간 스타킹
공허 속 푸석해진 머릿결

깜빡 기억을 놓아버린 휴대전화
아직도 적응 안 되는 마스크
살아가는 날들이 좀 더 맑고 선명해지기를

저녁 끄트머리에 서서
사비약 눈 날리는 풍경을 바라보며 습작에 젖는다
그래도 시인의 꼿꼿한 자존심은
삶의 변주일 것이라며

잠시 바람의 흐름을 듣는다

온도 차이

판단하는 것보다 교만한 것은 없다
비방하는 것보다 위태로운 건 없다

어눌한 게 아니라 어색한 것
쳐다보는 게 아니라 바라보는 것
싫은 게 아니라 불편한 것

좋을수록 서둘러 알아가고
싫을수록 추억은 빨리 식는다

돌멩이

연못에 자취를 감춘 그림자는
한동안 아무 일도 일어나지 않는다
영롱한 빗살 다시 물비늘 일면
묵직한 파문이 또다시 풍덩
가슴을 짓누른다

욕망과 집착
가늠 없는 인간 군상
쓴 뿌리 깊은 늪에서
나를 건진 하나님 큰 손

어느덧 지나온 시간
말갛게 비춘 시냇가에
고단했던 몸과 마음
햇살이 반짝거린다

제천행

늦은 가을
시를 노래하고
시극을 공연하고
구연동화에 빠진 다섯 여자가
가을 나들이에 의기투합한다

이른 새벽 5시
달리는 차 창 너머 어둠을 헤치며
개인적 일상에서 공통의 관심사들로
즐거움에 먼동이 튼다

가을은 잘 익어 기름진 밥 눈으로 배부르다
노랑 빨강 갈색 어룽지는 베론성지는 빛의 성찬
그 화려함 속에 순수하고 단아한 수녀님 얼굴이
단풍보다 곱다

적조 후 햇살 받은 재회는
못 본 만큼 감회가 크고

동창과의 만남

은사와 함께 부른 시 낭송

행복과 어우러지는 가을날의 정취

한 걸음 멀어질 때마다

한 걸음 더 마음을 잡아끄는 아쉬움

지는 석양 또 하나의 추억을 낙엽에 매어놓고

안녕을 고하니

가을이 우리를 따라온다

시를 위한 시

대상이 정해지면 상상력을 발휘하라

인과의 충실을 기본으로
사고의 확장은 유연하라

과장 없이 진실하게 고독하되 고민하지 말고
자유로움을 지향하며 모호함을 지양하라

지난날 감성에 매몰되지 말고
부정적인 기억과 맞서라

떠오르는 생각 하나하나를
꽃송이에 담아 보고
한 줄 한 줄 쓸 때마다
길 위에 놓아 본다

쌓이는 행들을
디딤돌로 밟고 오르며

관념의 속박에서 벗어나
자신만의 신념으로 승화시켜라

큰소리로 낭독하라

바람결에 흘린 시심의 파편들을
소중히 간직하라

오르막과 내리막이 공존하니
그것이 미학의 시작이다

사람과 사람 사이

관계란 서로를 조금씩 여는 것이다

매일 만나는 사람
가끔 만나는 사람
피하고 싶은 사람
꼭 만나야 하는 사람

귀로 듣고 보는 그대로 믿는 오류
마음 가는 대로 느낀 그대로 믿는 오류

흐린 날이 지나면 더욱 푸르게 빛나는 하늘
마음으로 사람을 구분하는 일은 참 어렵다

나는 사람을 만난다
사람이 나를 만난다
사람이 간다
사람이 온다

존재의 미학

꽃밭에는
유독 튀고 싶어
안달하는 꽃 한 송이

바람결에 便 가르듯
홀씨들을 날리며 가벼워지고 있다

의도하지 않아도
홀씨들은 제 갈 길 가고

돋보이려 애쓰지 않아도
이미 아름다움을

가벼워진 존재는
모른다

시집
해설

'사이'를 탐색하는 묵상黙想의 언어

나 호 열

(시인·문화평론가)

> 귀가 순해지니
>
> 들리는 걸 다 포용하라
>
> – 「이순 즈음에 · 1」

1.

『꽃잎 사이로 바람이 분다』는 『1시 15분(2018)』에 이은 이은경 시인의 두 번째 시집이다. 첫 번째 시집을 상재한 이후 5년이 흘렀으므로 시인에게도 심신心身의 변화가 있었으리라 짐작이 되고, 그 변화의 중심에 인간사人間事에 대한 여러 가지 상념들이 자리 잡고 있음이 시집 『꽃잎 사이로 바람이 분다』에 드러나 있음을 알 수 있다.

여러 정황을 살펴볼 때 이은경 시인은 이순을 지났을 것으로 보인다. 이순耳順은 한 생애의 원숙기 또는 정신의 일관성을 확인하는 시기로, 급변하는 세태에 흔들리지 않는 자신을 냉정하게 바라보고자 하는 분기점分岐点이라고 할 수 있다. 말하자면 지나온 세월을 반추함과 동시에 앞으로 다가올 미래의 불안을 해소하기 위한 길잡이 나침판을 욕구하는 때인 것이다. 그런 점에서 시집 『꽃잎 사이로 바람이 분다』는 철저하게 냉철한 시각으로 '나'를 둘러싸고 있는 타인을 포함한 자연 일반의 본질을 파헤침으로써 궁극적으로 '나'의 존재를 각인하려는 시도의 결과라고 볼 수 있다.

총 80편의 시를 3부로 나누어 「정·正- 상태나 현상을 바라본다」, 「반·反- 변화는 발전을 담보하는 과정이다」, 「합·합 -도출된 결과물은 새로운 시작이다」와 같은 변증법辨証法의 구도로 구성한 것이 그러하다. 그러나 지금 언급한 변증법이라는 용어는 철학적 의미의 갈래가 많기 때문에 가볍게 쓸 수는 없다. 오해를 피하기 위해서 그중에서 '만물은 태어나서 유전하며, 만물을 생성하는 것은 사물의 대립'이라고 생각했던 헤라클레이토스와 이에 따라 모든 사물은 결국 정·반·합의 3단계로 발전한다고 주장한 헤겔의 입장이, 이은경 시인이 시도하고자 하는 삶에 대한 인식과 맞닿아 있음을 인정하는 것이 타당하다고 보인다. 즉 어떤 주어진 사태는 그것에 반동하는 현상이 존재하며, 결국은 그 양단兩端을 포섭하거나 배척하는 '도출된 결과물은 새로운 시작이다.'라는 연명으로 귀결되는 것이다.

　시집 『꽃잎 사이로 바람이 분다』는 이순의 마루턱에 서서 힘들게 걸어 올라온 저 아래 세상을, 자신이 남겨두고 온 그림자를 바라보지만, 그 세상과 그 세상을 헤매던 자화상을 상처로 기억한다.

　그늘진 듯

　감춰진 듯

　삶은

　늘

　가시처럼

　도도하고

　쓸쓸했다

－「가시나무」 전문

2.

시인은 자신뿐 아니라 모든 사람이 가시나무라고 의식한
다. '가까우면 볼 수 없고 / 멀어지면 마음 닿을 수 없'(「간격
의 미」 1연)기 때문에 우리에게는 어쩔 수 없이 간격이 생기
는데, 그 간격으로 말미암아 불통不通이 또다시 야기된다고
본다. 이 불통이 개별적 존재들을 도도하고 쓸쓸한 가시나
무가 되게 하는 것이다.

> 너 나의 다름은
> 속마음을 드러내느냐
> 아무렇지 않은 듯 덮어버리느냐
> 살아가는 방식에 정답은 없다
>
> – 「관조의 미학」 1연

공동사회에서 이익사회로, 이익사회에서 개별적 자유를
추구하는 사회로 파편화된 오늘날 삶의 양태는 가면무도회
의 한 장면으로 드러난다. '분별없는 교언 입술에 모으고 /
거짓된 장면 눈으로 가리고/ 부끄러운 기억 가면에 / 숨겼
다 (중략) 나는 가면을 쓰고 웃는'(「가면무도회」 부분) 가면 사
회에서 살아가는 방식에 정답이 없는 '다름'을 인정하지 않

고 간격만을 고집하게 될 때 우리는 서로의 가시나무가 되어 다가설 수도 없고, 멀어질 수도 없는 고립의 상처를 갖게 되는 것이다.

> 상처와 아픔은
> 늘 가까운 곳에서 시작된다
>
> — 「미운 오리 새끼」 1연

이와 같은 개인화되는 시대상을 조감하는 시인의 암울한 인식은 「상처 받은 자여」, 「당신은 지금 누구와 만나고 있습니까?」와 같은 시에서 그 강도強度가 높아진다. 상처를 받지 않으려고 애써 가시나무가 된 우리는 스스로 가시를 안고 살아야 하는 모순 때문에 괴로워하게 되는 것이다.

> 관계란 서로를 여는 것이다
>
> 매일 만나는 사람
> 가끔 만나는 사람
>
> 피하고 싶은 사람
> 꼭 만나야 하는 사람

귀로 듣고 보는 그대로 믿는 오류

마음 가는 대로 느낀 그대로 믿는 오류

흐린 날이 지나면 더욱 푸르게 빛나는 하늘

마음으로 사람을 구분하는 일은 참 어렵다

나는 사람을 만난다

사람이 나를 만난다

사람이 간다

사람이 온다

– 「사람과 사람 사이」 전문

생각의 다름은 대부분 판단의 오류에서 온다. 오류誤謬는 무수히 발생하고 무수히 소멸하는 것으로, 오류를 자각하고 교정하려는 의지가 한 사회의 건강성을 담보할 뿐만 아니라 개인의 품격을 고양시키는 방편이 됨을 시인은 이렇게 이야기한다.

깊이를 자로 재려 함은 위선이다

무게를 저울로 달려 함은 어리석다

강도를 두드려 시험하려 함은 교만하다

수치로 나타낼 수 없으며

계산으로 구해지지 않는다

- 「믿음」 1연

　이와 같은 시인의 언명은 잘못된 믿음이 생각의 다름을 가져오고, 생각의 다름이 서로를 미워하고 다투는 원인이 된다는 것을 잘 설명하고 있는 것이다. 이에 덧붙여 몇 마디 오류의 개념을 설명한다면 이런 것이다. 오늘날 벌어지고 있는 정쟁政争의 실상은 부분의 사실로 전체의 '참眞'으로 인식하는 데서 기인한다. 내가 옳다고 믿는 것이 전체의 실상과 부합하지 않는다는 것을 인정하지 않을 때 오류는 걷잡을 수 없는 편견으로 전락한다.

　오늘날과 같은 실용성과 유효성이 가치의 척도가 되는 사회에서 우리는 각자의 도구가 되는 난경에 처하게 된다. 시 「사람과 사람 사이」는 극명하게 서로를 공감하지 않는 오늘의 삶을 예리하게 보여주고 있다. 만나기 싫어도 만나야 하는 사람, 꼭 만나야 할 사람이 있는가 하면 피하고 싶은 사람들과 서로의 이익을 위해서 만나게 되므로써 우리는 살가운 존재로서의 즐거운 만남이 아니라 '너'가 아닌 '사람' 일반을 만나고 헤어지게 되는 것이다. 그저 사람이 가고, 사람이 올 뿐인 이 세상은 얼마나 적막한 것인가!

3.

　이 글의 앞머리에서 『꽃잎 사이로 바람이 분다』의 구성이
「정·正－ 상태나 현상을 바라본다」, 「반·反－ 변화는 발전을 담
보하는 과정이다」, 「합·合－ 도출된 결과물은 새로운 시작이
다」와 같이 되어있음을 언급한 바 있다. 지금까지 살펴본 여러
시편은 지금까지 시인이 살아온 세상의 인식을 드러낸 것이라
고 볼 수 있다. 한마디로 불편과 불신이 가득하여 서로서로
상처를 주고받는 인간사를 냉철하게 묘파한 시편들인 것이다.

　『꽃잎 사이로 바람이 분다』의 시 대부분에 서사敍事－ 스
토리 －가 없는 이유가 시인이 겪었던 수많은 서사를 하나
의 세계관으로 묶어낼 수 있는 힘을 가지고 있기 때문이다.
시인은 오직 내성內省과 묵상黙想에서 분출되는 자신의 생
생한 목소리를 받아 적는 것만으로도 삶의 모순을 혁파할
수 있다고 믿기 때문이다.

　이제 시인은 이제 사람에게서 눈을 돌려 자연의 이치에
가닿으려 한다. 『꽃잎 사이로 바람이 분다』 2부는 봄에서
겨울까지의 풍경을 소재로 삼거나 계절의 흐름에 따라 피
고 지는 꽃들을 관상하는 작품들로 이루어져 있다.

이 시편들은 작위적作爲的인 인간계人間界와 달리 '머무를 수 있는 환경은 신의 섭리 / 머무는 것은 자유의지 (중략) 존재하는 것은 다 이유가 있다(「신은 주사위를 던지지 않는다」)'는 것을 보여주는 자연계自然界의 생명력을 훼손된 인성人性을 회복시키는 힘으로 인식하는 것으로 볼 수 있다.

질 때를 아는 꽃은
아름답고

때를 놓치지 않고
피는 꽃은
더욱 아름답다

기다림 속에
피어나는 꽃은
표현할 수단 없이
그냥 설렌다

— 「개화」 전문

시인은 계절에 맞춰 피고 지는 꽃들을 보며 작지만 위대한 생명의 섭리를 간구하는 마음을 일으킨다. 인간의 희로

애락과는 다른, 단지 인간에게 완상玩賞의 기쁨을 주는 것을 넘어선 경건함을 느끼게 되는 것이다.

> 뿌리부터 줄기까지
> 텅 빈 속대는 향기로 가득하니
> 비울 수 없어 채우지 못하는
> 어리석음을 일깨워 준다
>
> – 「연꽃」 2연

오래전 노자老子가 설파한 무위자연無爲自然이 우리 눈앞에 가득하여도 그 진상을 보지 못하는 어리석음을 어찌할 것인가! '달빛을 손안에 넣을 수 있을까 // 공기를 주머니에 담을 수 있을까(「욕심」 첫 부분)'되지 않음을 뻔히 알면서도 아무렇지 않게 잊어버리는 어리석음을 또 어찌할 것인가!

그러나 어느 한 편에서는 인간과 말 없는 자연이 한몸이 되는 물아일체物我一體의 경지가 펼쳐지기도 한다. 그런 경지를 보여주는 쉬우면서도 재미있는 시 한 편이 여기에 있다.

소울메이트

                     −마늘 1

아닙니다

첫 만남의 두근거림도

첫 인연의 설렘도

없었습니다

모릅니다

볼품없는 외양에 왜 끌렸는지

맵고 쓰린 감정의 트라우마를

어떻게 극복했는지

기억나지 않습니다

그렇습니다

이제는 늘 내 곁에 있습니다

부재(不在)란 상상할 수 없는

현실입니다

이제는 압니다

내세우지 않고 묵묵히 도와

모두의 가치를 성장시키는

그대의 희생입니다

이 시는 마늘을 소재로 한 두 편의 시 중 그 첫 번째 시
다. 마늘은 오천 년 전 단군신화에도 등장하는 식용물이
다. 날로 먹으면 아리고 센 맛을 낼뿐만 아니라 입안에 고
약한 냄새를 남기기도 해서 호불호가 갈리는 식물이기도
하다. 그런 마늘은 다른 식품에 양념으로 들어가 새로운
맛을 내는 보조식품의 역할을 담당하기도 한다.

시인은 '가까우면 볼 수 없고 / 멀어지면 마음 닿을 수 없'는
사이를 넘어서, '속마음을 드러내느냐 / 아무렇지 않은 듯 덮
어버리느냐'를 곁눈질하는 너와 나의 다름을 지워버리는 소울
메이트가 사실은 '맵고 쓰린 감정의 트라우마를 / 어떻게 극
복했는지 / 기억나지 않'는 존재라고 우리에게 알려준다. 어떤
이해관계를 떠나 마음이 일으킨 편견을 벗어던질 때, 흑과 백
사이에 무수히 존재하는 흑도 아니고 백도 아닌 색들이 존재
하고 있음을, 흑과 백 사이의 그 무수한 색들이 우리가 아무
리 지우려고 해도 지워지지 않는 사랑인 것을 깨닫게 되는 것
이다. 그 사랑은 서로의 울타리가 되는 것이다. 무엇을 가두
는 우리가 아니라 서로가 하나가 되는 우리가 되는 것이다.

넌 나에게 햇살 따듯한 봄비

난 너에게 바람 시원한 그리움

인생의 깊은 의미 서로 나누며

기나긴 길 함께 걷는다

한겨울 눈길 걸어도

서로의 손 꽉 잡으면 춥지 않아

힘들 때 곁에 있어 주는

소중한 존재

못 보면 궁금하고

궁금한 만큼 걱정되는

언제나 약속 같은 우리

아름답게 신뢰를 이어가는

희망의 빛이다

– 「우리는」 전문

　시집 『꽃잎 사이로 바람이 분다』는 시인의 사유가 철저하게 부정과 긍정의 경계를 넘어서서 치열한 내면의 소리를 귀담아들으려 하는 의지로 점철되어 있다는 것을 보여준다. 위의 시 「우리는」은 개별적 시로 읽을 때는 낭만적 외연이 넓은 시로 간주할 수 있지만, 앞에서 언급한 많은 시가 함유하고 있는 고독한 부정否定의 편린을 감지하고 난 후에는 우리가 단순히 '너와 나'가 아니라 어떤 초월적인 존재-종교적 신神이라고 해도 무방하다. -를 간구하는 기도로 받아들여도 무방할 것이라는 생각에 다다를 수 있다.

4.

앞에서 잠시 이야기한 바와 같이 이은경 시인의 『꽃잎 사이로 바람이 분다』에는 거의 구체적 서사가 드러나지 않는다. 「수건의 독백」을 비롯한 몇몇의 시편을 제외하고는 관념觀念-인간 일반의 존재성 -이 시적 대상이 되는 까닭에 현란한 비유에 의지하지도 않는다. 그럼에도 불구하고 그의 시편들은 오늘날 우리의 삶을 둘러싸고 있는 위선과 신기루를 좇는 허망하기 이를 데 없는 욕망을 지우려는 결기를 보여주고 있다.

집착을 버릴 때 길이 생기고

신념 속에 삶이 보인다

천 길 낭떠러지

현애살수(県崖撒手)

무엇이 두려운가

절벽에서 손을 놓아라

그래야 세상이 다시 보인다

- 「번지 점프」 전문

현애살수는 백척간두진일보百尺竿頭進一步와 같은 맥락의 불가 게송의 일부분이다. 천길 벼랑에서 나뭇가지를 붙잡고 있는데, 그 나뭇가지를 놓아야 비로소 도의 길이 열린다는 것이다. 내가 지니고 있는 주관과 객관적 사실의 사이, 나와 너의 사이, 옳고 그름의 사이, 선과 악의 사이, 그 경계를 허물어뜨릴 때, 마음의 모든 사슬이 풀리는 자유의 세계를 맞이할 수 있다는 것이다. 이러한 이야기를 풀어낸 시 「번지 점프」는 시집을 관통하는 시인의 의식을 집약한 시로서 시인이 예비한 시인의 길이라고 해도 무방하다.

시집 『꽃잎 사이로 바람이 분다』는 요즘 시단에서 쉽게 찾아볼 수 없는 묵상에서 빚어진 실존의 고뇌를 그려낸 시집으로 견줄 만하다. 앞으로 정밀한 화법話法을 궁구해 나간다면 빛나는 경経의 경지에 이를 수 있다고 믿고 싶다.